Hace mucho de años—, en una humilde casa de campo situada a medio camino entre un pueblo de Inglaterra y las estribaciones de las colinas al sur del país, vivía un pastor con su mujer y su hijo pequeño. El pastor pasaba sus días —y en ciertas épocas del año también sus noches— en la vasta y ondulante sima de las colinas, con el sol, las estrellas y las ovejas por toda compañía, aislado por completo de sus semejantes y ajeno al mundanal ruido. El pequeño, sin embargo, cuando no ayudaba a su padre, y a menudo cuando lo ayudaba también, pasaba gran parte del tiempo enfrascado en voluminosos mamotretos que le prestaban afables terratenientes o instruidos clérigos de las tierras de alrededor. Sus padres lo apreciaban mucho y,

... enfrascado en voluminosos mamotretos

aunque no se lo mostraban abiertamente, también se sentían bastante orgullosos de él, por lo que dejaban al niño campar a sus anchas y leer tanto como quisiera; y en lugar de propinarle un coscorrón tras otro, como bien podía haber sucedido, lo trataban poco más o menos que de igual a igual, pues pensaban sensatamente que era justo repartirse las labores de modo que ellos aportaran los conocimientos prácticos y el muchacho, la erudición. Pese a lo que dijeran los vecinos, ellos sabían que, en caso de apuro, los estudios podían tener su utilidad. El niño se entretenía especialmente con los

Sabían que, en caso de apuros, los estudios podían tener su utilidad

libros de ciencias naturales y los cuentos de hadas, que leía según iban cayendo en sus manos, alternando unos y otros, sin hacer distinciones; un plan de lectura de lo más juicioso, a decir verdad.

Una tarde, el pastor, que llevaba ya varias noches inquieto y preocupado, más alterado de lo normal, llegó a casa temblando como un flan y, tras irrumpir en la estancia donde su mujer y su hijo estaban tranquilamente entretenidos, ella con su costura y él siguiendo las aventuras de *El gigante sin corazón*, exclamó muy agitado:

—¡Estoy acabado, María! ¡Jamás de los jamases volveré a poder subir a esas colinas, fíjate lo que te digo!

—Pero, hombre, no te pongas así —replicó su esposa, que era una mujer pero que muy juiciosa—. A ver, cuéntanos antes qué te ha pasado, dinos a qué viene todo este sofoco, y entre los dos, con el niño, ya verás como aclaramos el asunto.

—La cosa empezó hace un par de noches —comenzó el pastor—, en la cueva esa de allá arriba; ya decía yo que tenía algo que no me gustaba, y a las ovejas tampoco, y cuando a las ovejas no les gusta algo, su razón suelen tener. El caso es que de un tiempo a esta parte vengo oyendo unos ruidos lejanos que salen de la cueva, algo así como suspiros hondos, y de vez en cuando, entre medias, un gruñido; y a veces ronquidos, que salen de lo más hondo de la cueva, pero ronquidos, lo que se dice ronquidos, aunque no ronquidos de verdad como los que soltamos tú y yo por las noches, tú ya me entiendes.

—Yo también lo entiendo —intervino el niño en voz baja.

—Ya os podéis imaginar el susto que llevaba metido en el cuerpo —prosiguió el pastor—, pero, no sé por qué, no podía moverme de allí. El caso es que hoy mismo, antes de venir p'acá, me he asomado a echar un vistazo en la cueva, así muy callandito. ¡Y ay, Dios mío, allí que lo veo por fin, tan claramente como os estoy viendo a vosotros!

—¿Que has visto a quién? —preguntó su mujer, contagiándose ya de la desazón de su marido.

—¡A él! ¡Pues no te estoy diciendo! —dijo el pastor—. Tenía medio cuerpo fuera de la cueva, como si estuviera disfrutando del fresquito de la noche en plan poético. Era tan grande como cuatro caba-

¡Allí que lo veo por fin, tan claramente como os estoy viendo a vosotros!

llos de tiro, y estaba todo cubierto de escamas brillantes, azul oscuro por arriba y así como verde pálido por abajo. Cuando respiraba se le formaba una especie de vaho sobre el morro, como el que se ve por estos caminos nuestros esos días abrasadores de verano cuando no sopla ni gota de viento. Estaba tumbado con el mentón sobre las patas, como meditando, me ha parecido a mí. No, si pacífico era el animal, no os digo yo que no: ni me sacó las garras, ni me armó bronca, ni hizo nada que no estuviera mandado, la verdad sea dicha. Pero ¿y ahora qué voy a hacer? ¡Escamas, tiene escamas! Y garras, y seguro que cola también, aunque yo no la haya visto... ¡Uno no está hecho para esas bestias! ¡Que no me hacen ninguna gracia, ésa es la verdad!

11

El niño, que parecía enfrascado en la lectura durante el relato de su padre, cerró entonces el libro, bostezó y, entrelazando las manos por detrás de la cabeza, dijo con aire soñoliento:

—Tranquilo, padre. No se preocupe usted. No es más que un dragón.

—¿Que no es más que un dragón? —exclamó el padre—. ¡Mira tú éste con lo que me sale ahora, ahí sentado con sus dragones! ¡Te parecerá poco un dragón! Además, ¿tú por qué sabes que es un dragón?

—Pues porque lo es, que yo lo sé —respondió el niño tan tranquilo—. Mire, padre, ya sabe que aquí cada uno tiene su terreno. Usted entiende de ovejas, del tiempo y esas cosas; pero de dragones, quien entiende soy yo. Siempre he dicho, ya lo sabe, que esa cueva de allá arriba era la cueva de un dragón. Que antes vivía en ella un dragón, y que lo suyo es que ahora viva allí un dragón. Sería lo lógico, ¿no? Bien, ahora me dice usted que ha visto un dragón ahí arriba, pues normal. No estoy ni la mitad de sorprendido que cuando me dijo que no lo había. Si uno espera con paciencia, la lógica siempre se impone. Y ahora, si no le importa, deje el asunto en mis manos. Mañana por la mañana ya me acercaré por allí dando un paseo..., no, por la mañana no puedo, que tengo un montón de cosas que hacer; bueno, quizá por la tarde, si saco un momento. Subiré y parlamentaré con él un rato, ya verá usted como lo soluciono. Sólo le pido, por favor, que no ande merodeando por allí sin estar yo presente. Usted no entiende nada de esas criaturas, ¡y no sé si sabrá que son muy sensibles!

—El muchacho tiene mucha razón —intervino la sensata madre—. Como él dice, los dragones son su terreno, no el nuestro. Es una maravilla lo que sabe sobre esas criaturas que salen en los libros, todo el mundo lo dice. Y, la verdad, a mí me da lástima pensar en ese pobre animalillo solo allí arriba, sin un mal plato caliente que llevarse a la boca ni nadie con quien charlar; a lo mejor podemos hacer algo por él; y si resulta que no es trigo limpio, el muchacho lo descubrirá en un santiamén. Él tiene muy buena mano y se lo sonsaca todo a la gente.

El día siguiente, después de cenar, el niño subió dando un paseo por el sendero que llevaba hasta la cima de las colinas; y allí, cómo no, encontró al dragón, tumbado a sus anchas en la pradera frente a su cueva. Desde allá arriba, la vista era espléndida. A derecha e izquierda, leguas de verdes colinas desnudas ondeando en el viento; en frente, el valle, con sus casas arracimadas, sus hilos de caminos blancos atravesando huertos y tierras bien labradas, y, a lo lejos, el atisbo de ciudades antiguas y grises en el horizonte. La fresca brisa jugueteaba sobre la superficie de la hierba y el hombro plateado de la esplendorosa luna asomaba sobre los enebros lejanos. No era de extrañar que el dragón estuviera tranquilo y satisfecho; y, efectivamente, cuando el niño se acercó, lo oyó ronronear plácidamente. «¡Vivir para ver! —dijo para sí—. ¡En ninguno de mis libros se explica que los dragones ronroneen!»

—¡Hola, dragón! —saludó el niño, sin levantar la voz, cuando llegó hasta él.

El dragón, al oír pasos que se acercaban, hizo un cortés amago de levantarse. Pero en cuanto vio que se trataba de un niño, frunció el ceño con gesto severo.

—Ni se te ocurra pegarme —le previno—, ni tirarme piedras, ni mojarme, ni nada por el estilo. ¡No pienso consentirlo, te lo advierto!

—No tengo intención de pegarte —replicó el niño con voz cansada, dejándose caer en la hierba junto al animal—, y haz el favor de no dar tantas órdenes, por el amor de Dios, que estoy harto de oírlas a todas horas, qué latazo. Yo sólo venía a saber cómo estabas y esas cosas; pero si molesto, me voy y santas pascuas. Tengo muchos amigos, ¡y cualquiera te diría que no tengo por costumbre meterme donde no me llaman!

—No, no, quédate, no te lo tomes a mal —se apresuró a decir el dragón—. La verdad es que... aquí estoy la mar de contento; siempre ajetreado por una cosa o por

Ni se te ocurra pegarme

otra, amigo mío, ¡siempre!, pero, entre tú y yo, si quieres que te diga la verdad, esto a veces resulta un pelín aburrido.

El niño partió un tallo de hierba con los dientes y lo mordisqueó.

—¿Tienes intención de instalarte aquí? —preguntó con cortesía.

—Pues aún no lo sé —respondió el dragón—. El sitio es bonito, sí, pero llevo poco tiempo aquí, y uno tiene que explorar el entorno y pensárselo muy bien antes de echar raíces. Eso es algo muy serio. Además... verás, te voy a decir una cosa. No te lo vas a creer, pero... ¡la verdad es que soy un gandul redomado!

—Me sorprendes —dijo el niño cortésmente.

—Es la triste verdad —continuó el dragón, acomodándose entre las patas y a todas luces encantado de encontrar por fin a alguien que le escuchara—, y me da la impresión de que eso ha sido en realidad lo que me ha traído hasta aquí. Verás, mis compañeros eran todos gente de acción, muy emprendedores y demás, siempre sacando las garras, siempre metiéndose en refriegas, recorriendo desiertos, oteando las costas, persiguiendo a caballeros por todas partes, devorando damiselas y haciendo de las suyas en general, mientras que a mí, en cambio, lo que me gusta es comer a mis horas, descansar luego el lomo contra una roca y echar una siestecita, y al despertar, ponerme a filosofar sobre la vida y las vueltas que va dando para que todo siga igual, ¡tú ya me entiendes! Así que cuando pasó lo que pasó me pilló por sorpresa.

—¿Cuando pasó qué? Explícate —replicó el niño.

—Pues eso es lo que no sé exactamente —respondió el dragón—. Supongo que la tierra debió de estornudar, o tal vez dio una sacudida, o algo se vino abajo, yo qué sé. El caso es que hubo un temblor, un rugido tremendo y un estruendo general y de pronto me encontré bajo tierra, a mucha profundidad, y tan apretujado que no me podía ni mover. En fin, gracias a Dios, soy de fácil conformar, y, al menos, allí abajo estaba tranquilo y nadie me importunaba para que le acompañara a ningún sitio o para que me pusiera a hacer cosas. Además, tengo una mente muy activa, siempre estoy cavilando, ¡siempre! De todas maneras, con el tiempo, la vida allí abajo se hizo un tanto monótona, así que al final pensé que igual merecía la pena subir a la superficie y ver qué andabais haciendo por aquí arriba. De modo que a base de hurgar con las zarpas y de escarbar a diestra y siniestra, terminé saliendo por esta cueva de aquí. Y la zona me gusta, y la vista, y la gente, la poca que he visto, o sea que, en líneas generales, no me importaría instalarme aquí.

—¿Y en qué andas siempre cavilando tanto? —preguntó el niño—. Eso es lo que yo quisiera saber.

El dragón se ruborizó ligeramente y apartó la vista. Al cabo de un instante, dijo con timidez:

—¿Tú nunca, aunque sea por divertirte nada más, nunca has intentado hacer poesía..., versos, ya sabes?

—Pues claro —respondió el niño—.

Montones de ellos. Y algunos bastante buenos, la verdad, pero aquí nadie tiene interés por esas cosas. Mi madre pone de su parte, cuando se los leo, y también mi padre, la verdad sea dicha. Pero no sé, parece que no...

—Exactamente —exclamó el dragón—, exactamente lo mismo que me pasa a mí: que parece que no les entusiasma, y, claro, no se lo vas a discutir. Veo que eres un chico culto, sí señor, te lo he notado desde el primer momento, y me gustaría que me dieras tu sincera opinión sobre unas cosillas que se me fueron ocurriendo mientras estaba allí abajo. No sabes qué alegría me da haberte conocido, espero que los demás vecinos sean igual de simpáticos. Anoche precisamente subió un señor muy amable, pero parecía no querer incordiar.

—Era mi padre —dijo el niño—, y es verdad que es un hombre muy amable, sí; si quieres, un día te lo presento.

—¿Por qué no subís mañana los dos a cenar o algo? —dijo el dragón entusiasmado—. Bueno, si no tenéis nada mejor que hacer, claro —añadió cortésmente.

—Te agradezco mucho la invitación —respondió el niño—, pero siempre vamos con mi madre a todas partes y, si te digo la verdad, temo que quizá no seas de su agrado. Verás, la cruda realidad es que eres un dragón, eso no hay quien te lo quite, ¿no? Y cuando te oigo hablar de instalarte, de los vecinos y demás, tengo la sensación de que, en el fondo, olvidas cuál es tu condición. Compréndelo, ¡eres un enemigo de la raza humana!

—Yo no tengo ni un solo enemigo en el

mundo —replicó el dragón alegremente—. Me daría demasiada pereza hacerlos. Además, es verdad que leo mis poemas a los demás, ¡pero siempre estoy dispuesto a escuchar los que ellos escriben!

—¡Ay, Dios! —exclamó el niño—. A ver si captas lo que quiero decirte: cuando los demás te descubran, vendrán a por ti con lanzas, espadas y armas de todas clases. ¡Tendrás que ser exterminado, ellos lo ven así! ¡Eres una plaga, una peste, un monstruo!

—Mentiras sin fundamento —replicó el dragón moviendo la cabeza con solemnidad—. Tengo una reputación irreprochable. A ver, hay un pequeño soneto que estaba componiendo justo cuando has aparecido tú...

—Así que te empeñas en no entrar en

razón —replicó el niño levantándose—, pues entonces me vuelvo a mi casa. No, no tengo tiempo para entretenerme escuchando sonetos; mi madre me espera levantada. Vendré a verte mañana, a una hora u otra, pero por lo que más quieras, procura meterte en la cabeza que eres

Mentiras sin fundamento

un azote mortal o terminarás metiéndote en un buen lío. ¡Buenas noches!

El niño tranquilizó fácilmente a sus padres respecto a su nuevo amigo. Siempre habían dejado esos asuntos en sus manos y dieron por buena su palabra sin rechistar. El pastor fue presentado formalmente y ambos intercambiaron profusos cumplidos y amables muestras de interés. Sin embargo, a su esposa, si bien se mostró dispuesta a hacer lo que estuviera en su mano —coser, adecentar la cueva o preparar algún platillo cuando el dragón, enfrascado en sus sonetos, se olvidara de comer, como suele suceder entre el género masculino—, no consiguieron convencerla para que lo aceptara formalmente. Según ella, había que tener muy en cuenta que era un dragón y «de familia desconocida». Por otra parte, no puso reparos a que el pequeño pasara tranquilamente las tardes en compañía de su amigo, con tal de que estuviera de vuelta en casa antes de las nueve; y así, ambos disfrutaron de agradables veladas, sentados en el césped, durante las cuales el dragón le contaba historias de un pasado muy muy remoto, cuando los dragones poblaban la tierra y el mundo era un lugar más divertido que hoy en día y la vida estaba llena de emociones, sobresaltos y sorpresas.

Los temores del niño, sin embargo, no tardaron en hacerse realidad. Ni el más insignificante y retraído dragón del mundo, con un tamaño de cuatro caballos de tiro y el cuerpo cubierto de escamas, conseguiría escapar por completo a la atención pública. De ahí que en la taberna del pueblo, la comidilla nocturna terminara centrándose, como es natural, en la existencia de un dragón auténtico que pasaba sus días pensativo y meditabundo en la cueva de las colinas. La gente del lugar estaba aterrada, pero también sentía cierto orgullo. Era un honor contar con un dragón propio, un triunfo, en su opinión, que distinguía al pueblo. Aunque, por otra parte, todos convenían en que aquello no era de recibo. La infame bestia había de ser exterminada, tenían que librarse de aquella plaga, aquel terror, aquel azote devastador. El hecho de que ni una simple gallina se hubiera visto perjudicada por la presencia del animal no era factor que mereciera tenerse en cuenta. Al fin y al cabo, se trataba de un dragón, eso él no podía negarlo, y si optaba por no comportarse como tal era asunto suyo. Por otro lado, pese a las muchas bravuconadas, no se presentó un solo héroe dispuesto a empuñar lanza y espada para liberar al sufrido pueblo y conquistar fama inmortal; y las acaloradas discusiones nocturnas solían quedar en nada. Entretanto el dragón, infeliz bohemio, holgazaneaba en la pradera, disfrutaba de las puestas de sol, contaba anécdotas antediluvianas al niño y pulía sus antiguos versos a la vez que componía otros nuevos.

Un día, el niño se acercó andando al pueblo y encontró la villa toda engalanada como para unos festejos que no correspondían a aquellas fechas. Alfombras y paños de vistosos colores colgaban de las ventanas, las campanas de la iglesia repicaban con gran algarabía y, apiñado a ambos lados de la estrecha callejuela cubierta de flores, el pueblo entero se hacía sitio a empellones, parloteando y apartándose los unos a los otros para ver bien. El niño reconoció a un amigo de su edad entre el gentío y le preguntó a voces:

—¿Qué pasa aquí? ¿Van a venir cómicos, osos, el circo, o qué?

—Estamos salvados —respondió su amigo—. Ya viene hacia aquí.

—¿Quién viene hacia aquí? —preguntó el niño, abriéndose paso entre el gentío.

—Pues san Jorge, quién va a ser —respondió su amigo—. Se ha enterado de lo de nuestro dragón y viene ex profeso para matar a la infame bestia y librarnos de su horrible yugo. ¡Ay, madre, no veas qué batalla se va a librar!

¡Menudo notición! El muchacho decidió

cerciorarse personalmente y avanzó cule-
breando entre las piernas de sus mayores,
sin dejar de amonestarles por su mala
costumbre de dar empujones. Una vez
hubo alcanzado la primera fila, aguardó
ansiosamente la llegada del héroe.

Al rato, desde el extremo al fondo de la
hilera llegó el rumor de los vítores. A continuación, el rítmico paso de un imponente
caballo de batalla
aceleró los latidos
de su corazón y de
pronto se encon-
tró aplaudiendo
con los demás,
pues, entre el
clamor de bien-
venida, los chilli-
dos de las muje-

¡... no veas qué batalla
se va a librar!

res, los niños izados en alto y el agitar de pañuelos, san Jorge hacía entrada en el pueblo avanzando lentamente calle arriba. El corazón del niño se paralizó, ni respirar podía casi, pues nunca había visto nada comparable a la hermosura y majestuosidad del héroe. San Jorge vestía una imbricada armadura con incrustaciones de oro, el yelmo con su penacho colgaba de la perilla de la montura, y su espeso cabello rubio nimbaba un rostro de gracia y ternura indecibles, hasta que reparabas en la severa dureza de su mirada. San Jorge tiró de las riendas frente a la pequeña posada, y las gentes se arremolinaron en torno a él prorrumpiendo en saludos, agradecimientos y pormenorizados relatos sobre los agravios, abusos y atropellos de los que estaban siendo víctimas. El niño oyó la voz grave y serena del héroe asegurar a los allí reunidos que él pondría remedio a todo, que haría justicia en su nombre y los libraría del enemigo; luego desmontó, cruzó el umbral de la posada y la multitud le siguió en tropel. No así el niño, que echó a correr monte arriba con toda la velocidad que sus piernas le permitieron.

—¡Todo ha terminado, dragón! —gritó tan pronto se encontró suficientemente cerca del animal—. ¡Viene hacia aquí! ¡Ya ha llegado! ¡Vas a tener que hacer algo de una vez por todas!

El dragón estaba lamiéndose las escamas y las frotaba con una manopla que le había prestado la madre del niño, con la intención de que su cuerpo brillara como una magnífica turquesa.

—¡No me vengas con brusquedades, muchacho! —dijo sin levantar la vista—. Siéntate, recupera el aliento y procura recordar que el nombre rige al verbo, así quizá atines a decirme quién es ése que viene.

—Míralo él, tan campante —replicó el niño—. Veremos si te quedas tan ancho cuando termine de contarte las nuevas que traigo. Que sepas que es san Jorge quien viene, ni más ni menos; ha entrado a caballo en el pueblo hace cosa de media hora. Claro que un tiparrón como tú ¡se lo merienda seguro! Pero pensé que mejor te avisaba, porque no tardará en asomar por aquí, ¡y lleva la lanza más larga y más temible que hayas visto en tu vida!

El niño se puso en pie y empezó a dar saltos alrededor del dragón, emocionado ante la perspectiva de la batalla.

—Ay, pobre de mí —se lamentó el dragón—, qué desgracia tan grande. Pues no pienso verle, no se hable más. No tengo ningún deseo de conocer a ese caballero. Seguro que no me cae simpático. Tienes que decirle que se vaya inmediatamente, haz el favor. Dile que escriba si le apetece, pero que no puedo quedar con él. Ahora mismo no estoy para nadie.

¡Todo ha terminado, dragón!

—Pero, dragón, por favor —imploró el niño—, no me seas obtuso y cabezota. En algún momento tendrás que enfrentarte a él, no sé si te das cuenta: él es san Jorge y tú el dragón. Cuanto antes resolvamos el tema, mejor; luego ya seguiremos con los sonetos. Además, tendrías que pensar un poco más en el prójimo. ¡Si crees que tu vida aquí arriba era aburrida, imagínate la mía!

—Mi querido hombrecito —replicó el dragón con solemnidad—, a ver si te entra en la cabeza de una vez por todas: yo ni puedo ni quiero pelear. No lo he hecho en la vida, así que no pienso empezar ahora sólo por darte a ti el capricho. En mis tiempos siempre dejaba las batallas para los demás, los que se tomaban su condición de dragones en serio, y estoy convencido

de que a eso debo el placer de encontrar-
me aquí en este momento.

—¡Pero si no peleas, te cortará la cabeza! —exclamó el niño con voz entrecorta-
da, consternado ante la perspectiva de
quedarse tanto sin batalla como sin amigo.

—No, seguro que no —repuso el dragón con su talante haragán de siempre—.
Ya encontrarás la manera de que no lle-
gue la sangre al río. Confío plenamente en
ti, tienes madera de líder. Anda, sé bueno,
baja corriendo y arregla el asunto. Lo dejo
por entero en tus manos.

El niño emprendió el camino de regreso
al pueblo completamente abatido. En primer lugar, no se iba a librar batalla alguna;
en segundo lugar, su querido y respetado
amigo el dragón no se había mostrado tan
heroico como él esperaba; y por último, lo

mismo daba que el dragón fuera un héroe como que no, puesto que no cabía duda de que san Jorge iba a cortarle la cabeza. «¡Que arregle el asunto, sí señor! —se dijo alicaído—. ¡Ni que lo hubieran invitado a tomar té y pastas!»

Cuando enfiló la calle del pueblo, los vecinos se abrían ya camino en dirección a sus casas, todos de excelente humor, comentando alegremente la magnífica batalla que les aguardaba. El niño siguió camino hasta la posada y se adentró en la sala principal, donde encontró a san Jorge sentado y a solas, meditando sobre los riesgos del combate y las tristes historias de rapiña e injusticia que había escuchado atentamente de las gentes del pueblo.

—¿Dais vuestro permiso, san Jorge? —preguntó el niño educadamente desde el umbral—. Quisiera hablaros del asunto este del dragón, si no estáis cansado ya del tema.

—Pasa, hijo, pasa —respondió el héroe amablemente—. Otra historia más de iniquidad e injusticia, me temo. ¿Tal vez un bondadoso progenitor que ha sucumbido

¿Dais vuestro permiso, san Jorge?

bajo las garras del tirano? ¿O acaso un hermanito o hermanita? Pero no te aflijas, pronto serás vengado.

—No, nada de eso —replicó el muchacho—. Aquí ha habido un malentendido, y he venido para aclarar las cosas. Lo cierto es que éste es un dragón excepcional.

—Exactamente —dijo san Jorge sonriendo con afabilidad—. Entiendo bien a qué te refieres. Así que un dragón excepcional. Créeme si te digo que no lamento en modo alguno tener que vérmelas con un adversario digno de mi acero, en lugar de con un pobre ejemplar de su infame especie.

—¿Cómo que especie infame? —exclamó el niño consternado—. ¡Ay, ay, ay, qué necios pueden ser los hombres cuando se les mete una idea en la cabeza! Lo que quiero decir es que éste es un dragón bueno, además de ser amigo mío, y me cuenta las historias más hermosas que os podáis imaginar, historias antiguas de cuando era una criatura. Además, es muy atento con mi madre; ella sería capaz de hacer cualquier cosa por él. Y mi padre también lo aprecia mucho, aunque el arte y la poesía no le van demasiado, y cuando el dragón se pone a hablar de cuestiones de estilo siempre se queda dormido. Lo cierto es que todo el que lo conoce se queda prendado de él. Es la mar de simpático, ¡y tan confiado e ingenuo como un niño!

—Acerca una silla y siéntate —dijo san Jorge—. Admiro a quienes son leales con sus amigos, y si ese dragón te cuenta entre sus amistades, a buen seguro habrá de tener sus virtudes. Pero no es ésa la cuestión. Desde que he llegado no hago más que oír, con pesar y angustia, indecibles historias de muertes, robos e injusticias; tal vez en exceso fantasiosas, es cierto, y no siempre del todo convincentes, pero en conjunto constituyen una sarta de fechorías de extrema gravedad. La historia nos demuestra que los mayores granujas a menudo son un dechado de virtudes en su vida doméstica; y me temo que tu erudito

... no hago más que oír historias de muertes

amigo, pese a las cualidades que le han hecho (y con justicia) merecedor de tu aprecio, ha de ser exterminado sin dilación.

—Así que habéis creído todas las patrañas que esa gente os ha venido contando —repuso el niño con impaciencia—. Pues sabed que los vecinos de este pueblo son los mayores cuentistas de la comarca. Es bien sabido. Si no fuerais forastero, ya estaríais al corriente. Lo único que desean es presenciar una batalla. Se pasan la vida organizando combates; aquí son el pan nuestro de cada día, viven para eso. Perros, toros, dragones... lo que sea con tal de ver pelear. Sin ir más lejos, en este preciso momento tienen encerrado en el establo de aquí atrás a un pobre tejón, animalito. Pretendían entretenerse a su costa hoy mismo, pero en vista de lo ocurrido, han decidido reservarlo hasta que termine ese asuntillo vuestro. Seguro que os han estado diciendo que sois un héroe, que vais a vencer en pro del bien y de la justicia y demás; pero permitid que os diga que acabo de pasar por la calle y los he visto apostando a manos llenas: ¡seis a cuatro a favor del dragón!

—¡Seis a cuatro a favor del dragón! —masculló san Jorge, apenado, apoyando la mejilla en la mano—. Cuánta crueldad hay en este mundo; a veces llego a pensar que no son sólo los dragones quienes albergan toda esa crueldad. Por más que... ¿acaso esa astuta bestia no podría tenerte engañado para que difundieras una imagen de él que encubriera sus fechorías? Es más, ¿y si en este preciso instante hubiera algún desdichado príncipe encerrado tras los muros de esa siniestra caverna de allá arriba?

En cuanto terminó la frase, san Jorge se arrepintió de lo dicho, tal fue la consternación que reflejó el rostro del muchacho.

—Os aseguro, san Jorge —repuso el niño con toda seriedad—, que esa cueva no alberga nada por el estilo. El dragón es todo un caballero, de la cabeza a las patas, y, si me permitís, nadie mostraría más estupor y pesar que él oyendoos hablar con... ¡con semejante ligereza de asuntos que él considera de la mayor trascendencia!

—Bueno, es posible que haya pecado de crédulo —dijo san Jorge—. Quizá me equivoque con esa criatura. ¿Pero qué podemos hacer? Henos aquí a los dos, el dragón y yo, el uno frente al otro cuasi, tan sedientos supuestamente el uno como el otro de nuestra respectiva sangre. No veo qué salida nos queda, la verdad. ¿Tú qué sugieres? ¿Se te ocurre algún modo de solucionar el asunto?

—Eso mismo me ha pedido el dragón —replicó el niño, un tanto picado—. Hay que ver la manera que tenéis los dos de zafaros del asunto... Supongo que no se os podría convencer para que desaparecierais discretamente, ¿verdad?

—Me temo que eso es imposible —respondió el héroe—. Va contra las reglas. Lo sabes tan bien como yo.

—Pues entonces, vamos a ver —dijo el niño—, aún es temprano... ¿os importaría subir conmigo dando un paseo y discutirlo tranquilamente con el dragón? No está lejos y, siendo amigo mío, seréis bien recibido.

—Está bien. Va contra las normas —respondió san Jorge, poniéndose en pie—, pero ciertamente parece lo más apropiado. Estás tomándote muchas molestias por tu amigo —agregó de buen talante mientras cruzaban juntos el umbral—. ¡Pero alegra esa cara, hijo! ¡Después de todo, quizá no haya que librar ninguna batalla!

—Ay, es que me hubiera gustado que la hubiera —repuso el pequeño con aire meditabundo.

—Traigo a un amigo que desea verte, dragón —anunció el niño en voz bien alta.

El dragón despertó sobresaltado.

—Ah, estaba... filosofando —respondió con su habitual simpleza—. Encantado de conoceros, caballero. ¡Espléndido día el de hoy!

—Te presento a san Jorge –dijo el niño en seguida—. San Jorge, permitid que os presente al dragón. Hemos subido hasta aquí para debatir el asunto tranquilamente, dragón, y ahora, por lo que más quieras, a

Traigo a un amigo que desea verte

ver si podemos ser razonables y llegar a un acuerdo viable que convenga a las dos partes, porque estoy harto de opiniones, teorías sobre la vida, inclinaciones personales y demás zarandajas. Además, si se me permite añadir algo, mi madre me espera levantada.

—Un placer conoceros, san Jorge —empezó diciendo el dragón un tanto nervioso—. Tengo entendido que sois un gran viajero, mientras que yo siempre he sido de natural más bien hogareño. Aunque podría mostraros muchas antigüedades e interesantes peculiaridades de nuestra comarca, si decidís recalar por aquí un tiempo...

—Creo —repuso san Jorge con la franqueza y afabilidad que acostumbraba— que convendría hacer caso a nuestro amigo y procurar llegar a un acuerdo, como buenos profesionales, sobre el asuntillo que nos atañe. Y bien, ¿no creéis que al fin y al cabo lo más sencillo sería batirnos como está mandado, y que gane el mejor? Si me permitís, os diré que abajo en el pueblo apuestan por vos, ¡cosa que no me importa!

—¡Venga, dragón, di que sí —intervino el niño entusiasmado—, nos ahorraríamos tantas molestias!

—Amiguito, tú cierra la boca —replicó el dragón con severidad—. Creedme, san Jorge —prosiguió—, a nadie del mundo desearía complacer tanto como a vos y a este joven caballero. Pero todo este asunto me parece absurdo, fruto del convencionalismo y de la cabezonería popular. No hay motivo alguno por el que debamos pelear, ni lo ha habido en ningún momento. ¡Y, en cualquier caso, yo no pienso hacerlo, de modo que asunto terminado!

—¿Y si os obligara a ello? —replicó san Jorge un tanto picado.

—No podéis —repuso el dragón triunfalmente—. Sólo conseguiríais que me metiera en mi cueva y me retirara por un tiempo al agujero por donde vine. En seguida os cansaríais de permanecer aquí esperando al raso a que me decidiera a salir a pelear. Y tan pronto como viera que os alejáis definitivamente, pues nada, yo que saldría de nuevo a la superficie tan campante, puesto que, si he de seros franco, me gusta este lugar, ¡y tengo intención de quedarme aquí!

San Jorge contempló por un momento el hermoso paisaje que los rodeaba.

—No obstante, éste sería un bonito marco para una batalla —insistió de nuevo, persuasivo—. Con estas magníficas praderas como palestra, ¡y yo con mi armadura dorada resaltando contra las escamas azuladas de vuestro magnífico torso! ¡Imaginad el espectáculo!

—Intentáis hacer mella en mi sensibilidad artística —repuso el dragón—, pero no os servirá de nada. Aunque es cierto que quedaría muy bonito, como decís —añadió con cierta vacilación.

—Por fin entramos en razones —terció el muchacho—. Has de comprender, dragón, que alguna pelea tiene que haber, porque no me irás a decir que te apetece tener que bajar de nuevo a ese agujero inmundo y quedarte ahí esperando hasta quién sabe cuándo.

—Se podría llegar a un acuerdo —dijo san Jorge, pensativo—. En alguna parte habré de clavaros la lanza, evidentemente, pero no creo que os haga demasiado daño. Con tanto cuerpo, algún blanco seguro tiene que haber. Aquí, por ejemplo, justo detrás de la pata delantera. ¡Ahí no os haría demasiado daño!

—Que me hacéis cosquillas, Jorge —replicó el dragón, pudoroso—. No, ahí definitivamente no. Aunque no me doliera, que estoy seguro de que sí, y mucho, me haría reír y se estropearía el invento.

—Probemos en otra parte entonces —dijo san Jorge pacientemente—. Bajo el cuello, por ejemplo, con todos estos pliegues de piel tan gruesos, ¡si os pinchara aquí, ni lo notaríais!

—Sí, pero, ¿atinaréis a dar en el blanco

exacto? —preguntó el dragón con inquietud.

—Por supuesto —respondió san Jorge con firmeza—. ¡Vos dejadlo en mis manos!

—No, si precisamente lo pregunto porque es en vuestras manos en quien tengo que dejarlo —replicó el dragón un tanto molesto—. Estoy convencido de que lamentaríais profundamente cualquier error en el que pudierais incurrir con las prisas del momento, ¡pero ni la mitad de lo que lo lamentaría yo! Aunque, en fin, supongo que

Que me hacéis cosquillas, Jorge

en alguien hay que confiar en esta vida, y vuestro plan, así en general, parece bastante atinado.

—Un momento, dragón —interrumpió el muchacho, procurando por su amigo, que tenía visos de correr con la peor parte—. ¡No acabo de ver qué papel pintas tú en esto! Si no he entendido mal, se va a librar una batalla en la que te vas a dejar machacar, ¿pero puede saberse qué sacas tú con ello?

—San Jorge —dijo el dragón—, decídselo vos, hacedme el favor: ¿qué sucederá una vez me hayáis derrotado en el mortal combate?

—Bien, si nos atenemos a las reglas, supongo que habré de conduciros triunfalmente a la plaza del mercado, o semejante —respondió san Jorge.

—Exacto —dijo el dragón—. Y después...

—Después habrá ovaciones y discursos y demás —continuó san Jorge— y haré saber que os habéis reformado, que os arrepentís de vuestras fechorías, etcétera, etcétera.

—Conforme —repuso el dragón—. ¿Y después...?

—Ah, y después... —prosiguió san Jorge—, pues después supongo que se celebrará el consabido banquete.

—Exactamente —respondió el dragón—, ahí es donde entro yo. Mira —añadió dirigiéndose al niño—, aquí arriba me aburro de muerte y, la verdad, nadie me valora. Voy a presentarme en sociedad, eso es lo que voy a hacer, y todo merced a la amable ayuda de nuestro amigo el héroe, que tantas molestias se está tomando por mí; ¡verás que dispongo de encantos más que suficientes para hacer la delicia de cualquier velada! Y ahora que hemos zanjado el asunto, si no tenéis inconveniente, soy un tipo chapado a la antigua, no quisiera tener que echaros, pero...

—¡Recordad que tendréis que emplearos bien en la batalla, dragón! —advirtió san Jorge, que había entendido la insinuación del dragón y se ponía en pie dispuesto a despedirse—. ¡Me refiero a que tendréis que sacar las garras, arrojar fuego por las fauces y todo lo demás!

—Sacar las garras puedo hacerlo sin problema —repuso el dragón con aplomo—; en cuanto a lo de arrojar llamas, es sorprendente la facilidad con la que uno pierde práctica; pero haré lo que pueda. ¡Buenas noches!

Habían bajado la colina y ya se hallaban prácticamente de vuelta en el pueblo, cuando san Jorge se detuvo en seco.

—Sabía que se me olvidaba algo —dijo—. Necesitamos una princesa. Una despavorida damisela encadenada a una roca y demás. ¿Hijo, no podrías conseguir una princesa?

El niño se hallaba en mitad de un tremendo bostezo.

—Estoy muerto de cansancio —se lamentó—, no puedo ponerme a buscar a una princesa, ni ninguna otra cosa, a estas horas de la noche. Además, mi madre me espera levantada, ¡o sea que hasta mañana no me pidáis que solucione nada más!

Al día siguiente, de buena mañana, la gente del pueblo comenzó a subir en tropel a las colinas, todos endomingados y cargando con cestas por las que asomaban los cuellos de las botellas, dispuestos todos a hacerse con el mejor lugar desde donde presenciar el combate. Asunto en modo alguno baladí, pues ni que decir tiene que cabía la posibilidad de que el dragón ganara la batalla, en cuyo caso incluso quienes habían apostado por él presentían que no por estar de su lado iban a recibir un trato distinto que los demás. Por consiguiente, las localidades se eligieron con cautela y con vistas a una rauda retirada en caso de emergencia; razón por la cual la primera fila quedó ocupada principalmente por jóvenes muchachos que, tras eludir el control de sus padres, se entretenían en ese momento dando tumbos y revolcándose en la hierba sin hacer caso de los gritos y reniegos que sus atribuladas madres proferían a sus espaldas.

El niño había conseguido un buen sitio en primera fila, en el ala más cercana a la cueva, y estaba nervioso como un director de escena la noche del estreno. ¿Podría confiar en el dragón? Igual cambiaba de opinión y declaraba la función inválida por tongo; o incluso, viendo la premura con la que se había organizado el evento, sin un ensayo siquiera, le entraban los nervios y no se presentaba. El niño miró atentamente hacia la cueva, pero no apreció señales de vida. ¿Y si el dragón había huido a media noche?

La parte más elevada del campo de

... las localidades se eligieron con cautela

batalla era ya una oscura masa de espectadores y, al poco, el sonido de los vítores y el agitar de pañuelos dejaron entender que estaba sucediendo algo que para el niño, instalado en la zona del promontorio más cercana al dragón, aún no resultaba visible. Un minuto más tarde, el penacho rojo de san Jorge coronó el monte: el héroe avanzaba cabalgando con parsimonia por la gran explanada que se extendía hasta la sombría boca de la cueva. Gallardo y apuesto, a lomos de su imponente caballo de batalla, con su armadura dorada refulgiendo bajo el sol, sosteniendo la magnífica lanza bien enhiesta y su pequeña banderola blanca, con la cruz carmesí, ondeando en la punta. El héroe tiró de las riendas y permaneció inmóvil. Las hileras de espectadores retrocedieron ligeramente, nerviosas; e incluso los muchachos de las primeras filas dejaron de darse tirones de pelo y coscorrones unos a otros y se inclinaron expectantes.

—¡Venga, dragón! —masculló el niño impaciente, revolviéndose inquieto en su asiento. No se habría angustiado de saber que, embriagado por el potencial dramático del evento, el dragón llevaba levantado desde primera hora, preparando su primera aparición en público con tanto afán como si el tiempo hubiera dado marcha atrás y él fuera de nuevo aquel pequeño dragoncillo que jugaba a héroes y dragones con sus hermanas en el suelo de la cueva de su madre, juego en el cual él siempre salía ganando.

Un gruñido grave, mezclado con algún que otro bufido, llegó en ese momento a oídos de la concurrencia y creció hasta convertirse en un atronador rugido que pareció apoderarse de la explanada. Entonces una nube de humo oscureció la boca de la cueva y, abriéndose paso entre la humareda, surgió el dragón en persona, resplandeciente, azul como el mar, magnífico, y avanzó pavoneándose hacia la pa-

... todo el mundo exclamó
«¡Oooh!»

lestra en todo su esplendor; todo el mundo exclamó «¡Oooh!». Sus escamas refulgían, su cola, larga y picuda, azotaba sus ancas, con las garras arrancaba pedazos de hierba y los arrojaba volando por los aires sobre su lomo, y una ráfaga continua de humo y fuego salía propulsada de las enfurecidas aletas de su nariz.

—¡Así se hace, dragón! —exclamó el muchacho entusiasmado. «¡No lo creía capaz de tanto!», agregó para sus adentros.

San Jorge enristró la lanza, inclinó la cabeza, espoleó al caballo y avanzó retumbando por la palestra. El dragón embistió rugiendo y gruñendo, como una imponente y turbulenta vorágine azul de escamas, resoplidos, entrechocar de mandíbulas, púas y llamas.

—¡No le ha dado! —voceó la muchedumbre. Por un instante, la armadura quedó enredada entre las escamas azul verdoso y la cola picuda, y luego el magnífico caballo, corriendo desbocado, llevó al héroe, lanza en alto, prácticamente hasta la misma entrada de la cueva.

El dragón tomó asiento sobre su grupa y gruñó ferozmente, mientras san Jorge se afanaba tirando de las riendas del caballo para colocarse de nuevo en posición.

«¡Fin del primer asalto! —pensó el niño—. ¡Qué buen papel han hecho! Aunque espero que el héroe no se entusiasme. En el dragón ya veo que puedo confiar plenamente, ¡qué madera de actor tiene este animal!»

San Jorge había logrado por fin dominar al caballo y miraba en torno a sí enjugándose la frente. Al divisar al niño, cabeceó sonriente en su dirección y alzó tres dedos en un fugaz gesto de la mano.

«Parece que todo está planeado —se dijo el niño—. Salta a la vista que el tercer asalto será el último. Lástima que la batalla no dure un poco más. Pero ¿qué hace ese loco del dragón ahora?»

El dragón estaba aprovechando la pausa para deleitar a la concurrencia con una demostración de su fiero talante animal. El alarde consistía en dar vueltas en redondo trazando un amplio círculo, a la vez que encrespaba el lomo en toda su extensión con un ondulante movimiento que discurría desde sus puntiagudas orejas hasta la punta de su larguísima cola. Cuando se tiene el cuerpo cubierto de escamas azules, el efecto de tal exhibición resulta tanto más impresionante; y el niño recordó que, no mucho ha, el dragón había manifestado su deseo de entrar en sociedad por la puerta grande.

San Jorge recogió entonces sus riendas y comenzó a avanzar, bajando la punta de la lanza y afianzando su posición en la montura.

—¡Tiempo! —voceó el público con gran excitación; y el dragón, abandonando su alarde, se sentó sobre las ancas y empezó a dar grandes y torpes botes de un lado para otro, aullando como un piel roja. Naturalmente, tal comportamiento desconcertó al caballo, el cual viró bruscamente; tan sólo gracias a las crines se libró el héroe de caer al suelo; y cuando pasaron por delante del dragón a la carrera, éste asestó al caballo una brutal dentellada en la cola que le hizo salir espantado colina abajo hasta perderse de vista, merced a lo cual los improperios del héroe, que había perdido un estribo, por fortuna no llegaron a oídos del respetable.

El segundo asalto suscitó audibles muestras de simpatía hacia el dragón. El público no podía por menos que admirar a un combatiente que tan bien defendía el tipo y que hacía semejante alarde de deportividad; muchas de estas muestras de apoyo llegaron a oídos de nuestro amigo que, henchido el pecho, se pavoneaba de acá para allá, cola en alto, rebosante de satisfacción por su flamante popularidad.

San Jorge había desmontado y ajustaba las cinchas de su caballo mientras, con un profuso despliegue de exótica imaginería, le comunicaba claramente al animal lo que opinaba de él, de su familia y de su conducta en el evento; el niño, entonces, se dirigió hacia la línea de combate donde se hallaba el héroe y le sujetó la lanza.

—¡Una batalla magnífica, san Jorge! —exclamó suspirante—. ¿No podríais alargarla un poco?

—Creo que no debiera —respondió el héroe—. Lo cierto es que el simplón de tu amiguito se está envaneciendo con tantos vítores y, como se olvide por completo del trato que teníamos y le dé por hacer gansadas, no sé adónde será capaz de llegar. Terminaré con él en este asalto.

San Jorge subió airosamente a su silla y tomó la lanza de manos del niño.

—Vamos, no temas —añadió bondadoso—. Sé cuál es el punto exacto dónde he de clavar la lanza, además, tengo la certeza de que él pondrá todo de su parte, ¡bien sabe que es su única oportunidad de que lo inviten al banquete!

San Jorge acortó entonces la lanza, afianzándola bien bajo el brazo con el cabo alzado a sus espaldas; pero en lugar de marchar al galope como antes, trotó a paso rápido hacia el dragón, que se agazapó al verlo venir sacudiendo la cola hasta hacerla restallar en el aire como una imponente fusta. Al aproximarse a su oponente, el héroe viró en redondo y giró cauteloso en torno a él, sin apartar la vista del punto donde debía hacer blanco; el dragón, entretanto, adoptando una táctica parecida, se puso a dar vueltas alrededor del mismo círculo, haciendo fintas de vez en cuando con su testa. Y así, ambos midieron sus fuerzas a la espera del momento de lanzarse al ataque, mientras el público guardaba un silencio expectante.

Aunque el asalto se prolongó unos minutos, el final fue tan rápido que todo lo que el niño acertó a ver fue un rápido movimiento del brazo del héroe seguido de una barahúnda de púas, garras, cola y fragmentos de césped que volaban por los aires. La polvareda se disipó, los espectadores se lanzaron a gritar y correr alborozados y el niño logró divisar al dragón caído, clavado en el suelo por la lanza, mientras san Jorge, apeado del caballo, se erguía victorioso con el dragón entre las piernas.

Todo resultó tan auténtico que el niño salió corriendo hacia la palestra, confiando en que el pobre dragón no estuviera malherido. Al aproximarse, el dragón alzó el grueso párpado de un ojo, le guiñó con aire solemne y se desplomó nuevamente. Tenía el cuello aplastado contra el suelo, pero el héroe le había acertado en el blanco previamente acordado y ni siquiera parecía hacerle cosquillas.

—Oiga, maestro, pero ¿no ibais a pegarle un tajo en el cuello? —quiso saber uno de los espectadores que aplaudían. El hombre había apostado por el dragón y, naturalmente, se sentía un tanto molesto.

—Pues, hoy, creo que no —respondió san Jorge de buen talante—. Verá, eso se puede hacer en cualquier momento; no corre prisa ninguna. Creo que lo mejor será que bajemos todos al pueblo y nos tomemos un refrigerio; le echaré un buen sermón, ¡y ya verá usted qué cambiado lo encuentra después!

Al oír la mágica palabra «refrigerio», la

.. le guiñó con aire solemne

muchedumbre en pleno formó filas de inmediato y aguardó en silencio a la señal de salida. Se acabaron charlas, vítores y apuestas; había llegado la hora de la acción. San Jorge, izando la lanza con ambas manos, liberó al dragón, y éste se levantó, sacudió el cuerpo y pasó la vista por sus púas, escamas y demás partes cerciorándose de que todo seguía en su sitio. A continuación, el héroe montó en su caballo y abrió la procesión, seguido dócilmente por el dragón, acompañado por el niño, y, a distancia prudencial, los sedientos espectadores.

De regreso en el pueblo, congregados todos frente a la posada, lo celebraron por todo lo alto. Tras el refrigerio, san Jorge pronunció un discurso informando a la concurrencia de que había eliminado el pernicioso azote que les aquejaba, no sin gran trastorno y molestias por su parte, de modo que ya podían dejarse de quejas y de fantasear con agravios, que ya no había motivo. Y que no se aficionaran tanto a las peleas, porque la próxima vez

igual les tocaba defenderse por sí solos, y eso ya sería otro cantar. Y había cierto tejón encerrado en los establos de la posada que debía ser puesto en libertad de inmediato, y él mismo confirmaría con sus propios ojos que así fuera. A continuación les comunicó que el dragón había estado dándole vueltas al asunto y comprendía que las cosas se podían ver desde muchos ángulos distintos, por lo que no volvería a las andadas, y si se portaban bien, quizá se quedara a vivir en aquellas tierras. De

A continuación, el héroe abrió la procesión

modo que debían ofrecerle su amistad y dejarse de prejuicios, no podían ir por la vida creyendo que lo sabían todo, porque no era así, ni mucho menos. También les advirtió contra el pecado de fantasear e ir por ahí inventando cuentos e imaginando que otro iba a creérselos sólo porque fueran verosímiles y vistosos. Luego tomó asiento, entre profusión de vítores arrepentidos, y el dragón dio un codazo en el costado al niño y le susurró que ni él mismo lo habría hecho tan bien. Después todos fueron a acicalarse para el banquete.

Los banquetes son siempre agradables acontecimientos que, como es bien sabido, consisten sobre todo en comer y beber; pero lo especialmente bueno de un banquete es que siempre se celebra cuando algo ha concluido, cuando ya no hay nada más de qué preocuparse y el día de mañana parece muy lejano. San Jorge estaba feliz porque se había celebrado una batalla y no había tenido que dar muerte a nadie; pues lo cierto es que matar no le hacía gracia, por mucho que se viera por lo general obligado a ello. El dragón estaba feliz porque se había celebrado una batalla, y no sólo había salido indemne de ella, sino que había ganado popularidad y un puesto sólido en la sociedad. El niño estaba feliz porque se había celebrado una batalla, y aun a pesar de ella, sus dos amigos mantenían una relación de lo más cordial. Y todos los demás estaban felices porque se había celebrado una batalla y... bueno, no necesitaban de ningún otro motivo más para estar felices. El dragón se deshizo en cumplidos con todo el mundo y terminó siendo el alma de la fiesta; el héroe y el niño, por su parte, miraban alrededor con la impresión de asistir a un festejo para mayor honor y gloria del dragón exclusivamente. Pero no les importaba, eran buenas personas, y el dragón no se mostró arrogante ni les dio de lado en absoluto. Todo lo contrario: cada diez minutos más o menos, se inclinaba hacia el niño y le decía con voz grave:

—Escúchame, ¿me acompañarás a casa luego, verdad?

A lo que el niño asentía una y otra vez, pese a haber prometido a su madre que no regresaría muy tarde.

Por fin el banquete acabó, los invitados se marcharon tras una infinidad de buenas noches, enhorabuenas y parabienes, y el dragón, que había echado a los últimos rezagados del local, apareció en la calle seguido por el niño, se enjugó la frente, suspiró y se sentó en la calle a contemplar las estrellas.

—¡Magnífica velada! —murmuró—. ¡Magníficas estrellas! ¡Magnífico pueblecito, éste! Creo que me quedaré aquí. No me siento con ánimos de subir esa endiablada cuesta. Alguien me prometió acompañarme a casa. ¡Pues que cumpla su promesa! No es asunto mío, sino suyo enteramente. —Su mentón se hundió entonces en su pecho dilatado y el animal se sumió en un apacible sueño.

—¡Venga, dragón, levanta! —exclamó el pequeño con voz quejumbrosa—. Sabes que mi madre me espera levantada, estoy muy cansado, y es verdad que me hiciste prometer que te acompañaría a

casa, ¡pero si lo llego a saber, no lo hago!
—El niño tomó asiento entonces junto al dragón y se echó a llorar.

La puerta a sus espaldas se abrió, un haz de luz iluminó la calle, y san Jorge, que salía a dar un paseo aprovechando el fresco de la noche, reparó en las dos figuras que tenía ante sí: el enorme dragón tumbado allí sin moverse, y el pequeño, que estaba hecho un mar de lágrimas.

—¿Qué tienes, hijo? —le preguntó amablemente acercándose.

—¡Este mostrenco de dragón, que no hay quien lo mueva! —sollozó el niño—. Primero me hace prometer que lo acompañe a casa, luego me sale diciendo que me las apañe como pueda ¡y para postre se me queda dormido! ¿Y ahora cómo lo arrastro yo si pesa como una roca?

Además, estoy muy cansado y mi madre...

—Entonces rompió a llorar de nuevo.

—No te pongas así —dijo san Jorge—. Yo te ayudaré, lo acompañaremos a su casa entre los dos. ¡Despierta, dragón! —exclamó de repente sacudiendo a la bestia por el codo.

El dragón alzó la vista soñoliento.

—¡Qué noche, Jorge! —masculló—. ¡Qué...!

—Ya está bien, dragón —replicó el héroe con firmeza—. Tienes aquí a este pobre muchacho esperando para llevarte a casa, a sabiendas de que hace ya más de dos horas que tendría que estar acostado; ya veremos qué dice su madre de todo esto. Si no fueras tan egoísta ya lo habrías mandado a la cama hace un rato...

—¡Y a la cama irá! —exclamó el dragón

dando un respingo—. Pobre chiquillo, a quién se le ocurre, ¡todavía despierto con las horas que son! Una vergüenza, eso es lo que es; no creo, san Jorge, que hayáis sido muy considerado, pero, en fin, dejémonos de discusiones y titubeos y salgamos para allá de inmediato. Tú déjame que me apoye en ti, niño… Gracias, Jorge, esta ayudita colina arriba era justo lo que necesitaba

Así pues, el héroe, el dragón y el niño emprendieron la marcha colina arriba cogidos del brazo. Las luces del pueblo comenzaban a apagarse, pero subieron iluminados por las estrellas y la media luna que brillaba en el cielo. Y cuando doblaron el último recodo y se perdieron de vista, la brisa de la noche trajo retazos de una conocida canción. No sabría deciros con certeza

quién de los tres era el que cantaba, ¡pero
creo que era el dragón!

... retazos de una conocida canción